妖怪ハンター・ヒカル

霧の幽霊船

斉藤 洋・作　大沢幸子・絵

もくじ

さとりと金剛丸

ヒカルが前回つかまえた妖怪たち

百目

目が百ある。
目玉が、からだから
はずれて、
人についていき、
その人のくらしをのぞく。

くんでのポンプ井戸

とおりかかった人に
水をくんでもらおうと、
手まねきする古い井戸。

ちょっと自己紹介

ちょっと自己紹介させてもらうと、ぼくは芦屋光だ。小学生なのに、〈東神鉄道特別顧問〉っていうかたがきをもっている。

東神鉄道っていうのは、東京と神奈川を結ぶ鉄道で、東神グループの中心になっている会社だ。グループの中には、テーマパークの〈トウキョウ・オールディーズランド〉がある。

顧問というのは、相談役みたいなものらしいけど、〈東神鉄道特別顧問〉っていったって、電車の運転士さんたちが、

「いやあ、最近結婚したんですが、妻の料理がおいしくて、つい食べすぎちゃうんですよね。制服がきつくなっちゃって、こまったなあ。やっぱり、ズボ

ンだけでも、サイズを大きくしたほうがいいでしょうかねえ。」

とか、なやみをいってくるのをきいて、特別に相談を受けるわけじゃない。

東神グループの会長は波倉四郎というおじいさんで、この波倉四郎会長は瀬戸内海の島に新しいテーマパークをつくろうとしているのだ。どんなテーマパークかっていうと、それは、電気じかけとかコンピュータ管理じゃない、ほんものの妖怪や幽霊が出るテーマパークだ。その名も〈瀬戸内妖怪島〉。

ぼくはその〈瀬戸内妖怪島〉に、ほんものの妖怪や幽霊をあつめるため、やとわれた陰陽師なのだ。これまでにもう、〈百目〉と〈くんでのポンプ井戸〉という妖怪を〈瀬戸内妖怪島〉におくっている！

……って、いうとかっこうがいいけど、ぼくの式神、黄金白銀丸がいうには、ぼくは半人前どころか、まだ四分の一人前なのだそうだ。それから、式神っていうのは、陰陽師の助手のようなもので、魔女の黒猫みたいなものだ。黄金白銀丸は白いばけ猫で、左目が金色、右目が銀色だ。黄金白銀丸っていうのは長いから、シロガネ丸ってよんでいる。ときどき、トラみたいに大きくなる。

それから、ぼくは〈封怪函〉という小さな鉄の箱をもっていて、その箱には妖怪をとじこめる力がある。

というところがぼくの自己紹介だけど、四分の一人前の陰陽師だというところをべつにすれば、ぼくはそのへんにいるふつうの小学生なのだ。

一　長びいた重役会議と燕火放炎

夕やけで空が赤くそまっている。
松林が長いかげをつくっている。
そのかげの下、大きな石の上に立って、
こちらをにらみつけているあいて。
そのあいてに、ぼくはふたのあいた
封怪函をむけ、妖怪を封怪函に
とじこめる呪文のことばをなげかけた。
「封怪函、収函！」

あいてはびくともしない。

ぼくはもう一度さけぶ。

「封怪函、収函!」

だめだ! 呪文がきかない。

あいては口をうっすらとあけて、にやりとわらった。

「芦屋ヒカル、おまえの負けだ!」

それから、あいては石の上からおりてこようともせず、めんどうくさそうにいいいたした。

「あのな、ただ、『封怪函、収函!』っていったって、だめだ。ちゃんと、妖怪の名まえをいわなくちゃ。ほら、もう一回やってみな。」

「あ、そうか、名まえをいうのをわすれた。じゃあ……。」

とつぶやいてから、ぼくはさっきと同じように、ふたのあいた封怪函をむけて、さけんだ。

「封怪函、シロガネ丸収函！」

ところが、練習あいて、つまりぼくの式神のシロガネ丸はびくともしない。

シロガネ丸はためいきをついてから、いった。

「あのね、おまえ、おれの話をちゃんときいてないな。ふだんはおれのこと、シロガネ丸ってよんでればいいけど、封怪函に妖怪をとじこめるときには、正式な名まえをとなえないとだめだ。」

「わかったよ。」

とぼくはうなずいてから、こんどこそとばかりに、

「封怪函、黄金白銀丸収函！」

といいはなった。

ところが……、シロガネ丸はあいかわらず石の上で、こんどはわざとらしくあくびなんかして、

「だめだね、やっぱり。」

なんていった。そして、石からおりてきて、ぼくにいった。

「だけど、体中の毛がさかだつくらいのことはあった。まあ、そのうちできるようになるさ。封怪函があって、呪文をとなえれば、それで妖怪をつかまえることができるってわけじゃないんだからな。おまえが陰陽師として、いつか一人前になれば、どんな妖怪だって、呪文ひとつで封怪函にとじこめることができるようになる。まあ、それまでは、妖怪を説得して、自分から封怪函に入ってもらうしかないね。」

それからシロガネ丸は、

「じゃあ、こんどは火の玉を出す練習でもしようか。おまえは火を使う術が

むいているみたいだしな。」

といった。

シロガネ丸がいうとおり、ぼくは、冬でもTシャツ一まいで寒いと思ったことはないし、あたりが暗くなると、なんだか知らないけれど、いきなりまわりが明るくなったりする。どうもこれは、ぼくが生まれつきもっている力らしい。

それはともかく、ここは、東神グループの波倉四郎会長のいえの庭だ。いえの庭といっても、いえはいえというよりは大名屋敷で、庭はぼくのうちの近くの都立公園くらい広い。ぼくとシロガネ丸は、新しい妖怪をとらえる相談のため、波倉会長によばれてきたのだ。ところが、波倉会長は重役会議が長びいているとのことで、まだかえってきていない。そこで、ぼくとシロガネ丸は広い庭を利用し、陰陽師の訓練をしているというわけだった。

「ええと、どういう火にする？　竜とかトラとかあるけど、竜の火なら、竜

火、トラの火なら、虎火だけど。」

シロガネ丸にきかれ、ぼくはこたえた。

「竜とかトラとか、さいしょからそういうすごいのをやっても、どうせうまくいかないから、もうちょっと小さいやつがいいと思う。」

「じゃあ、ミミズとかゲジゲジは？」

「そんなのあるの？」

ぼくがよこ目でシロガネ丸を見て

そういうと、シロガネ丸は、

「ない！」

とぶっきらぼうにいいきってから、

「スズメとか、ツバメにしておくか？」

とつぶやいた。

「それなら、ツバメにしようかな。

スズメじゃ、ちょっとすごみがなさすぎるから。」

「じゃあ、まず、呪文からだ。ツバメは英語で、スワローだから、呪文は、『スワロー・ファイアー・オン！』だ。ちょっと、いってみな。」

ぼくは、大きな声でさけんだ。

「スワロー・ファイアー・オン！」

すると、シロガネ丸はわらって、いった。

「おまえ、一人前の陰陽師になるには、道は遠いね。ヨーロッパやアメリカの魔法使いじゃないんだよ。『スワロー・ファイアー・オン！』はないだろう。うそだよ。陰陽師なら、それくらいのうそは見ぬけよな。ほんとうの呪文は、『燕火放炎！』だ。いっとくけど、さいしょのエンはツバメのことで、あとエンはほのおのことだからな。ちゃんといみがわかってないと、呪文はあまりきかないぞ。」

「なんだよ、人をからかって……。」

とぼくはぶつぶつもんくをいってから、

「燕火放炎！」

とさけんでみた。

ところが、ツバメの形をした火どころか、マッチの火ほどの火さえ、どこからも出なかった。

ぼくはいった。

「あのさ、シロガネ丸。呪文だけじゃなくて、形があるんじゃないのか。ほら、テレビのヒーローが手や足をうごかすじゃないか、変身するときにさ。ああいうのないの？」

「あるよ。だけど、呪文はきまっているけど、そういうのは陰陽師ひとりひとりによって、ちがうんだな、これが。だから、それぞれの陰陽師が自分にあった形でやることになっている。」

シロガネ丸はひとごとのようにそういってから、もとの石の上にもどり、

「じゃあ、ほら。野球のピッチャーの投球フォームでもやってみたら。それがおおげさでいやなら、じゃんけんのしぐさなんかどう？」

といいたした。

ぼくはシロガネ丸がまじめにそういっているとは、とても思えなかったが、野球の投球フォームで、〈燕火放炎〉というのは、タイミングがつかみにくいから、とりあえず、じゃんけんのグーでやってみることにした。そこで、グーをつくった右手を頭の上からふりおろし、まえにつきだしながら、

「燕火放炎！」

とさけんだ。

ところが、手がちょっとむずむずしただけで、火は出なかった。つづいてチョキでやってみたが、やはり同じようなものだった。つぎにパーでやってみると、グーやチョキよりはましだったが、やはり手がうずうずしただけだった。そこで、さいごにグー、チョキ、パーを連続で出すことにし、呪文

のあとに、グー、チョキ、パーなんていってみたらどうかと思い、ダメモトでためしてみた。

「燕火放炎、グー、チョキ、パー！」

呪文と同時に、手を連続で、グー、チョキ、パーにする。すると……。

ボッ！

ライターに火がつくときみたいな音がして、いきなり、ピンポン玉くらいのオレンジ色の火の玉がぼくの右手からとびだした。そして、ツバメみたいな形になると、石の上のシロガネ丸めがけてつっこんでいった。

「わっ！　何するんだ。」

シロガネ丸が石からとびおりると、火の玉は

そのままシロガネ丸が立っていた石にぶつかって、消えた。

シロガネ丸は、ふうっといきをついてから、

「グー、チョキ、パーか。なるほどね。たしかに、そりゃあ、いい呪文だけど、おまえ、いみがわかってるの？」

とぼくにたずねた。

「グー、チョキ、パーのいみって、それ、じゃんけんの形じゃあ……。」

ぼくがそういうと、シロガネ丸はぼくのそばにきて、

「やっぱり、わかってないんだな。グー、チョキ、パーはつまり……。」

といい、指で地面に、

〈具有直波〉


と書いた。そして、説明した。

「つまり、まっすぐの波がそなわっている、といういみだな。正確には、〈ぐうちょくぱ〉だ。わかっ

たか。じゃあ、こんどは、いみがわかったうえで、やってみな。」

ぼくはいわれたとおり、やってみた。

「燕火放炎、具有直波！」

ブワオッ！

調子の悪いガスレンジに火がつくときのような音がして、ぼくのひらいた右のてのひらから、火の玉がとびだした。さっきのより大きく、野球のボールくらいある。色も青くて、すごみがある。

火の玉はツバメの形になって、シロガネ丸めがけて、まっすぐにとんでいく。そして、さっきと同じように、石にぶつかって消えた。だが、火の威力はさっきとまるで同じではなかったらしい。

シロガネ丸が石にかけよる。

「おい、ヒカル。すごいな。こんどは、石が熱くなっているぞ。こりゃあ、もっとけいこをつめば、威力がどんどんますかもな。」

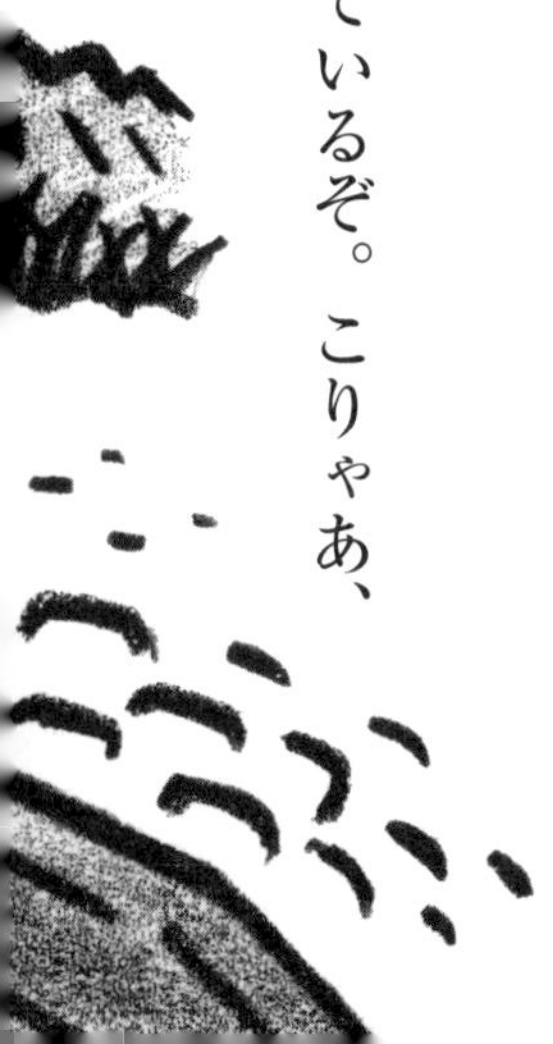

シロガネ丸はそういって、火の玉がぶつかった場所のにおいをくんくんかいだ。

ぼくがもう一度ためしてみようと思い、

「燕火……。」

といいかけたとき、おもやのほうから、だれかがやってくる足音につづき、

「芦屋様。会長がおかえりになりました。どうぞ、応接間にいらしてください。」

という声がきこえた。

そこで、ぼくは燕火放炎の練習はまたにして、

「はい。」

とへんじをし、声のするほうに歩いていったのだった。

二　イースト・ゴッドといさり火幽霊

潮風がシロガネ丸の耳をかすめていく。

神奈川県江ノ島のヨットハーバーを出航して、一時間くらいたった。船は相模湾のどこかにいるのだろうが、もう陸は見えない。

「あと三十分くらいで、日がしずみますよ。」

そでに金色のすじがはいった制服の船長がやってきて、そういった。

ぼくは船尾、つまり船のうしろのほうの甲板のデッキチェアにすわり、ひざの上にシロガネ丸を

のせている。

船長といっしょにきたウェイターの白い上着（うわぎ）をきたわかい男の人が、ぼくの近くのテーブルにオレンジジュースをおく。

「どうもありがとう。」

ぼくがおれいをいうと、ウェイターはだまったまま、ほんの小さくうなずいた。

「では、日がくれるまで、ゆっくりとおくつろぎください。」

船長はそういうと、ウェイターをつれて、船室に入っていってしまった。

ぼくとシロガネ丸（まる）だけになったところで、ぼくはシロガネ丸（まる）にいった。

「きのう、波倉（なみくら）会長のいえで、『あした、ヨットで

海に出てくれたまえ。』っていわれたときは、
どうしようって思ったよ。ふたり乗り
くらいの小さなヨットに乗っけられて、
風がビュービューふく海をブンブン
走られたんじゃあ、たまんないもんなあ。」
「おまえね、ちょっと考えればわかるだろうが。
そんな小さいヨットなわけないだろ。
東神グループの会長のヨットだぞ。」
シロガネ丸は夕日に目をほそめて、
そういった。
きのう、波倉会長からいいわたされた
今回の捕獲依頼は〈幽霊船〉だった。
捕獲依頼カードをぼくにわたすとき、

捕獲依頼
妖怪名：幽霊船
特徴：江戸時代の千石船。
霧とともに出現する。
最終目撃地：神奈川県相模湾沖

波倉会長はこういった。

「江戸時代に米を千石、つまりおよそ百五十トン、はこべるようにつくられた帆船がなんらかの事情で妖怪になったんだね、たぶん。まあ、幽霊船なんだろう。貨物船の船員に何度も目撃されている。霧の中からあらわれて、すぐに消えてしまうから、害はない。どうだろう。あしたあたり、ヨットで相模湾をさぐってもらうっていうのは？　もちろん、うまいぐあいに捕獲できれば、それにこしたことはないがね。とにかく、ヨットの手配をしておいたから、ヨットハーバーまでは、いつものとおり、きみのうちからハイヤーでいってくれたまえ。」

そんなわけで、ぼくとシロガネ丸はきょう、うちからハイヤーで二時間走り、江ノ島のヨットハーバーまできて、そこから、〈イースト・ゴッド〉という名のヨットに乗った。〈イースト・ゴッド〉というのは、ヨットというより小さな客船というかんじの船で、船長のほか、船員が五人もいた。船

員たちは、ぼくたちの任務を知らされていないようで、ぼくたちが乗るとき、船長は、

「たくさんつれるといいですね。」

なんていっていた。たぶん、魚つりにきたと思っているのだろう。

船長の話によると、〈イースト・ゴッド〉は動力つきヨットで、帆だけでなく、ディーゼルエンジンがついているそうだ。帆で走ることなんてめったにないらしい。その証拠に帆はたたんであった。船の両側には救命ボートが左右に一そうずつ、鉄のアームにつりさげられていた。

日がしずんでしばらくすると、夕やけ空がしだいに青くなりだした。

「シロガネ丸。千石船の幽霊船なんて、ぜんぜんあらわれないじゃないか。」

「あらわれるときは、いつも霧がかかるそうだしな。空はすっかり晴れて、このぶんじゃあ、夜になったら、満天の星ってやつになるな。」

ぼくとシロガネ丸がそんなことを話していると、船長が、

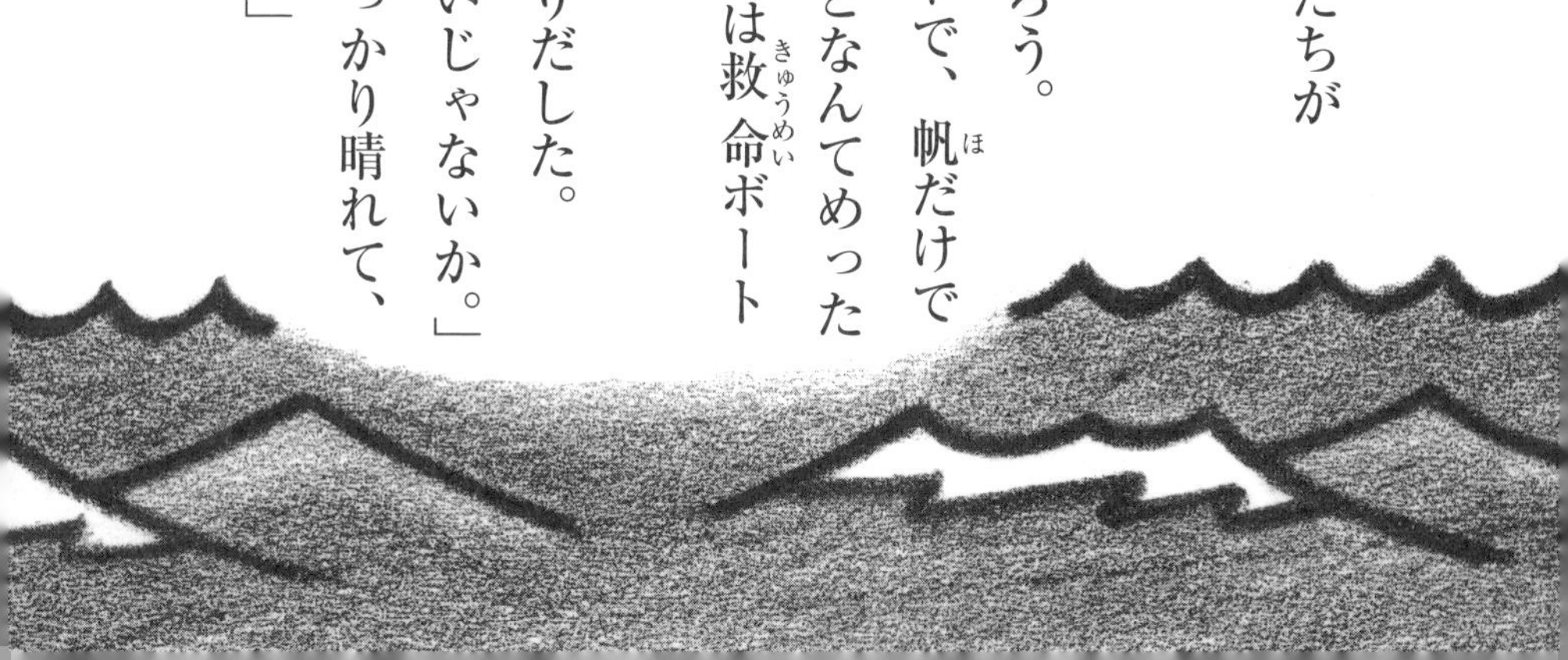

「したくができましたので、どうぞ。」

といって、ぼくたちをむかえにきた。

ぼくがシロガネ丸をだきかかえ、船長のあとについていくと、いつのまにか左側の救命ボートが海におろされ、船員がひとり、それに乗っていた。

救命ボートには船からなわばしごがかかっている。

「どうぞ、これに。」

と船長が救命ボートを指さした。

「これにって……。」

ぼくが救命ボートを見おろしていると、シロガネ丸がぼくのうでの中からとびだして、救命ボートにとびおりた。

「このボートに乗るんですか。」

ぼくがたずねると、船長はあたりまえのように答えた。

「そうですよ。波倉会長のご指示ではそうなっています。ボートには、つりどうぐ一式、すべてつんであります。大型の懐中電灯もです。ささ、どうぞ。」

ぼくは事情がよくのみこめないまま、なわばしごでボートにおりた。

ボートにはオールがついているが、公園の池にあるようなボートではなく、もっと大きいから、とても子どもがこげるようなしろものではない。

さきにボートに乗っていた船員がボートをこぐのかな……。

ぼくがそう思っていると、その船員は、

「では、わたしはこれで。」

といって、なわばしごをのぼり、ヨットにもどってしまった。ボートをつないでいたロープがヨットからはずされ、ボートにおとされた。

ヨットから身をのりだして、船長がいった。

「ヨットはボートから千メートル以上はなれませんから、安心してください。まんいち、ヨットから見えないところまでいってしまっても、ボートの位置はしっかりこちらでわかるようになっています。発信機は黒い金属の箱で、作動していると、赤いダイオードが点滅します。」

「え？　じゃあ、このボート、ぼくとシロガネ丸だけ……？」

なんて、ぼくがいっているうちに、ヨットはボートからはなれていってしまった。

「千メートルなんて、海の上じゃあ、陸の百メートルってかんじで、まあ、目と鼻のさきの距離さ。だいじょうぶ、だいじょうぶ。」

シロガネ丸はそういったけれど、ヨットがはなれていくにつれて、ぼくはだんだん心ぼそくなってきた。ボートのうしろには、ランドセルくらいの大きさの黒い箱があって、ベルトでボートにとめられている。小さな赤いランプがついたり消えたりしている。

さいわい、波はほとんどなく、さざ波がチャプチャプとボートにうちつけるくらいだった。

空は晴れているが、月はない。日がすっかり暮れてしまうと、シロガネ丸がいったとおり、満天の星空だった。もうヨットのすがたは見えず、そのかわり、ヨットがいる場所らしいところに、黄色いあかりが見えた。ぼくがそのあかりのほうを見ながら、

「あれがヨットだよね。」

というと、シロガネ丸は、

「あれがヨットなわけないだろ。あれは、〈いさり火幽霊〉っていう名まえの、相模湾に出る幽霊だ。おまえ、そんなことも知らないのか？」

といったが、これにはぼくもおどろき、

「えーっ？　知らないよ、そんなの！　なんだよ、その〈いさり火幽霊〉って？」

と大声をあげてしまった。すると、シロガネ丸はわらって、

「うそだよ。〈いさり火幽霊〉っていうのは、今、おれが作った名まえだ。そんなのがいれば、波倉会長が幽霊船といっしょに捕獲してこいっていうはずじゃないか。」

といってから、つけたした。

「あのあかりは、〈イースト・ゴッド〉さ。」

だが、その〈イースト・ゴッド〉の黄色いあかりがチラチラと点滅してきた。

「なんか、信号をおくってきているのかな。あかりをつけたりけしたりして。」

ぼくがそういうと、シロガネ丸が首をふった。

「ちがうな。信号をおくるにしたって、船中のあかりをぜんぶ、つけたりけしたりすることはない。それに……。」

とそこまでいって、シロガネ丸は空を見あげた。

「ほら、見ろよ、ヒカル。星がだんだん見えなくなってきている。」

シロガネ丸はそういった。

たしかに、空を見あげると、星の数がへったようだった。そして、どんどん見える数の星がへっていっている。

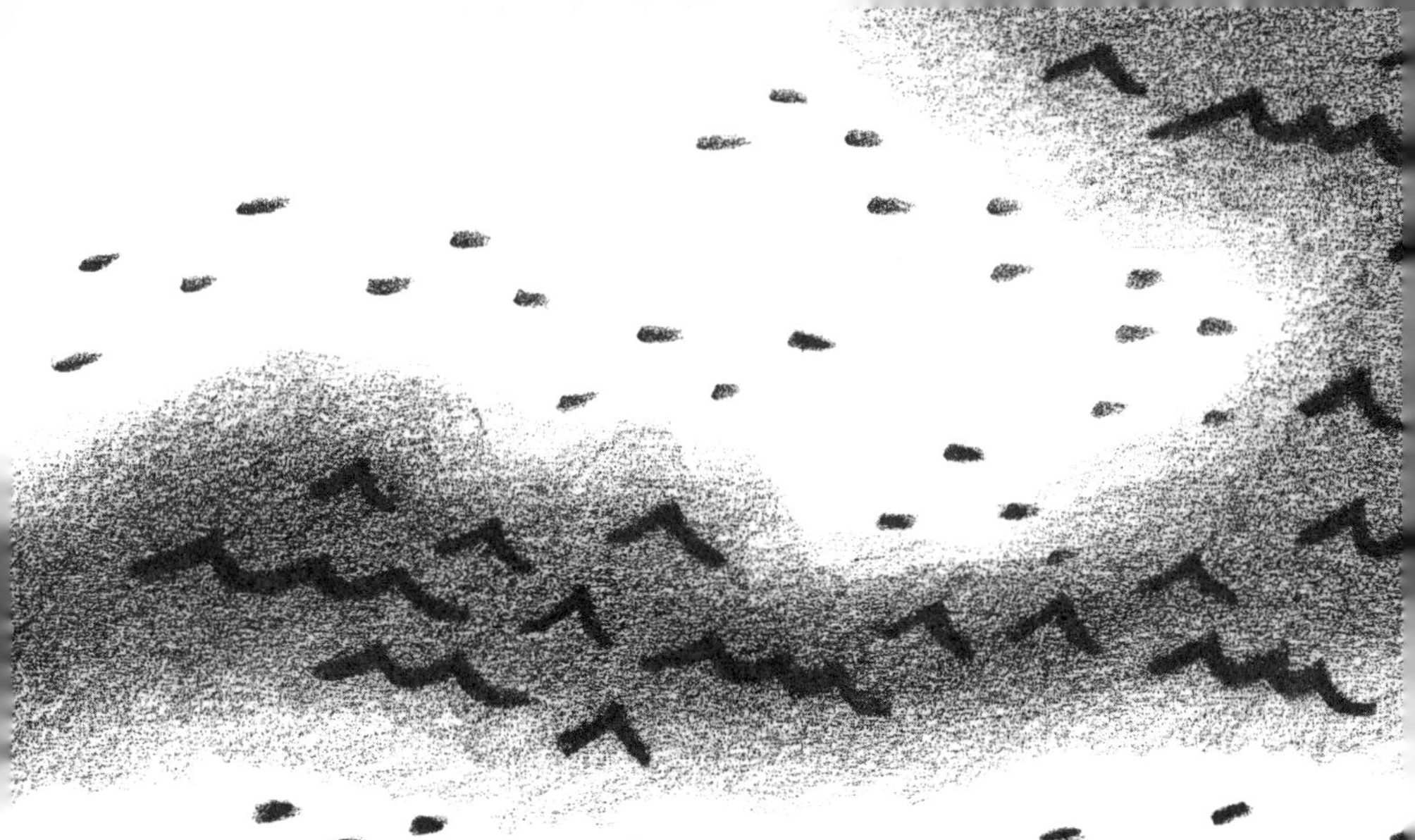

「空がくもってきたのかな。」

ぼくがそういうと、シロガネ丸は答えた。

「いや、くもってきたんじゃないな。くもりなら、ヨットのあかりは見えるはずだ。見てみろよ、ヒカル。もう、ヨットのあかりが見えなくなっている。こりゃあ、ヒカル、霧だ。霧がかかってきたんだ……。」

たしかに、さっきまでチラチラと見えていたヨットのあかりがなくなっている。

ぼくはつばをごくりとのみこんでからいった。

「霧って……。」

「捕獲依頼カードには、幽霊船は、霧とともに出現する、ってかいてあったよな。」

そういったシロガネ丸のすがたも、だんだんかすんできた。

霧といういと白いもやもやを想像するかもしれない。だが、月のない夜の海の霧というのは、白いもやもやではない。ただ、ひたすらまわりが見えなくなってくるといったほうが正しい。

ぼくは足もとにあった大型の懐中電灯を手にとり、スイッチをおそうとしたが、それよりさきに、まわりがなんとなく明るくなった。

それはよくあることで、あたりが暗くなると、ぼくのまわりがなんとなく明るくなるのだ。それはぼくが生まれつきもっている力らしい。ともかく、明るくなったせいで、まわりが白いも

やもやでつつまれているのがわかった。

「やっぱり、霧だ。」

ぼくがそうつぶやくと、シロガネ丸はひげをピンと立てて、

「だから、そういってるじゃないか、霧だって。ああ、こりゃあ、きてるぞ。」

といった。

「きてるって、なにが？」

「アジの大群……、っていいたいところだけど、そうじゃない。おまえ、感じないのか。おれはさっきから、ビビビッてきてるぞ。」

シロガネ丸がそういった瞬間、いくらか霧が晴れ、目の前の海に黒々と巨大なものがあらわれたのだった。

三 蘆屋道満ならいっていたせりふとボートの荷物

ぼくはさいしょ、イースト・ゴッドがもどってきたのかと思った。だが、そうでないことはすぐにわかった。

それは、七福神が乗っているような形の船だった。ただし、七福神の船は、文字どおり神様が七人乗っているほか、米俵や千両箱を満載し、帆をぱんぱんにはっているのに、目のまえにあらわれた船は、下から見あげただけではよくわからなかったが、だれかが乗っているようすはまるでなかった。甲板にあふれそうになっている荷物もないようだし、何より陰気なのは、あちこちやぶれ、だらりとさがった帆だった。

シロガネ丸がボートのへりにまえ足をかけ、せなかをそらせ、その船を見あ

げて、いった。

「こりゃあ、たしかに千石船だ。」

そのあいだにも、その船はこちらに船首をむけて、ゆっくり近づいてきていた。そして、手をのばせばとどくんじゃないかというところまでくると、ギリギリといやな音をたて、左にむきをかえた。

ぼくはボートの上でよつんばいになり、シロガネ丸の耳にささやいた。

「ほら、波倉会長がいってたじゃないか。霧の中からあらわれて、すぐに消えてしまうから、害はないって。きょうは偵察だけってことにして、このままじっとしていようよ。そうすりゃあ、すぐにどこかにいっちゃうよ。」

すると、シロガネ丸はぼくの目を見て、いった。

「だけど、波倉会長は、うまいぐあいに捕獲できれば、それにこしたことはない、ともいっていたぞ。ちょっと、やるだけやってみたらどうだ。」

「やるって、なにを？」

「そりゃあ、陰陽師が考えることであって、式神が考えることじゃない。」

「そんな……。」

とぼくが口ごもると、シロガネ丸はよこ目でぼくを見て、ため息をついた。

「あーあ。これが蘆屋道満の子孫かねぇ。なさけない。こんなとき、蘆屋道満なら、もう幽霊船にひらりととびのっていて、『あなや、あやかしのくちぶねよ、とくしずまりて、われにしたがえ！』とかなんとかいっただろうなあ。」

ぼくはシロガネ丸がいったことのいみがわからなかった。今それをシロガネ丸にきいている場合かどうか、それはちょっと疑問だったけれど、そのいみを知らないせいで、あとでとんでもないことになるのはいやだったから、いちおうきいておくことにした。

「その、あなや、とかなんとかって、なに？」

「おい、あやしいぼろ船よ。早くおとなしくして、おれのいうことをきけ、って、まあ、そういういみだ。」

「なあんだ。ぼくはなんかの呪文かと思ったよ。そんなことだったのか。」

ぼくがそういったとき、すでに千石船の幽霊船はよこむきになっていた。このまま、うしろむきになって、どこかへいってしまえばいい……。

ところが、そういうぼくのねがいどおりにはいかず、幽霊船はそのまま止まってしまったのだ。

「どうするんだよ。陰陽師らしく、なんかいってみろよ。さっきのせりふでもいいぞ。」

シロガネ丸にせっつかれ、ぼくはボートの上で

立ちあがり、さっきのせりふをまねして、ただし、まちがえるといやだから、今の日本語にして、

「おい、あやしいぼろ船よ……。」

といったが、われながら、なんだかしまらないせりふだなあ、と思わないわけにはいかなかった。

ところが、ぼくがそのせりふをそこまでいったとき、幽霊船(ゆうれいせん)のほうから低(ひく)い声がきこえた。

「はこばせろぅ……。はこばせろぅ……。」

そして、その瞬間(しゅんかん)、ぼくたちのボートの中にあったつりざおがすうっと宙(ちゅう)にういた。つりざおはぜんぶで三本あったが、そのうちの一本がまずうき、つづいて、のこりの二本が同時にもちあがった。三本は空中でひとまとまりになると、そのまますうっとあがっていき、九十度(ど)むきをかえて、幽霊船(ゆうれいせん)の甲板(かんぱん)に消(き)えた。

ぼくはシロガネ丸と顔を見あわせた。

するとまた、声がきこえた。

「はこばせろぅ……。もっと、はこばせろぅ……。」

ゴトリ……。

足もとで音がした。

見れば、つった魚を入れるためのクーラーボックスが宙にうきはじめている。

クーラーボックスはそのまま上にあがっていき、つりざおと同じように、とちゅうで九十度むきをかえ、すいこまれるようにして幽霊船の甲板のてすりをこえていった。

「はこばせろぅ……。もっと、もっと、はこばせろぅ……。」

クーラーボックスのつぎは長ぐつとつりのどうぐ箱、そして懐中電灯だった。これも、幽霊船にすいこまれていった。

さいごは小型ポットだった。これも同じように、宙にうき、とちゅうでむきをかえて、幽霊船の甲板に消えた。

シロガネ丸がつぶやいた。

「これじゃあ、幽霊船じゃなくて、海賊船じゃないか。」

むしろ、海賊船の幽霊なんじゃあ……。

ぼくはそう思ったが、そんなことを口

にするよゆうはなかった。なぜなら、荷物のつぎはぼくたちが幽霊船にすいこまれるのでは、と思ったからだ。

だが、幽霊船のつぎのねらいはぼくたちではなかった。それがわかったのは、それから数秒後だった。

グラリ……。

ぼくたちのボートが右にかたむいた。ふつう、ボートというのは、右にかたむけば、左にもどるようにできている。ところが、ぼくたちのボートは右にかたむいたまま、そのまま、右にかたむきつづけたのだ。

ぼくはボートの左のへりにつかまった。

けれども、ボートは右にかたむきつづける。

このままではふりおとされる！

シロガネ丸がさけんだ。

「ヒカル！　船首のロープにつかまれ！」

ぼくはボートのへりから手をはなし、ロープにつかまった。すると、シロガネ丸がジャンプして、ぼくの首にまえ足をからみつけ、へばりついてきた。シロガネ丸のつめがぼくののどにくいこむ。

「い、いたた……。」

ぼくはうめき声をあげたが、シロガネ丸のつめなど気にしている場合ではなくなっていた。

いつのまにかぼくたちのボートは宙にういていて、さいごにグラッとかたむくと、ぼくはボートからほうりだされた。もし、ロープにつかまっていなかったら、ぼくは海におとされていただろう。

ボートはぼくをぶらさげたまま、高く空中にういていき、幽霊船の甲板から一メートルほどの高さで止まった。そして、そこでむきをかえ、幽霊船の

甲板の上におろされた。幽霊船のねらいはボートだったのだ。

だから、おろされたといっても、それはボートがおろされたということであって、ボートのロープにつかまっていたぼくは、おろされた、なんていうなまやさしい状況ではなかった。ぼくはボートの船首から二メートルくらいのところにつかまっていたから、ボートが幽霊船のさくをこえ、甲板に乗っかろうとしたとき、ぼくのからだは幽霊船の胴体にどんとぶつかり、そのまま甲板にひきずりあげられることになった。

手足はすりむくし、シロガネ丸のつめは首にくいこむしで、さいごはきたならしい幽霊船の甲板に、しりもちをついてたたきつけられ、たまったものではなかった。

しかし、それにしたって、海にほうりだされるよりはましだった。

シロガネ丸がぼくの首から、ストンと甲板におりた。

てのひらを見ると、まめがつぶれて、血がにじみでている。

ぼくは立ちあがって、あたりを見まわした。帆柱の下に、ぼくたちのボートにつんであったものが、ならんでいる。だが、ほかに荷物はなく、甲板じたい、あちこち板がわれていたり、あながあいていたりする。

あたりはあいかわらず霧がかかっていたが、さっきより明るくなっている。

ぼくはもう一度、自分のてのひらに目をやった。やぶれたまめがひりひりいたかった。てのひらの血を見ているうちに、ぼくはだんだん頭に血がのぼってきた。

ぼくは顔をあげ、大声でどなった。

「おい！　ぼくたちをどうする気だ。ボートと荷物をかえせ！」

すると、しばらくして、どこからともなく声がした。

「いやだ。かえさぬ。はこばせろぅ、このおれに、はこばせろぅ……。」

「なにが、はこばせろ、だ。かってなことばかりいって。とにかく、ボートも荷物もかえしてもらうからな。」

ぼくはそういって、荷物のあるほうに歩きだした。

だが、そのとき幽霊船がぐらりとゆれ、ぼくはまえのめりにころんでしまった。ころぶひょうしに、両手をまえについたので、やぶれたまめが甲板にこすれた。

あまりのいたさに、ぼくはもう泣いちゃおうかと思ったが、泣きたい気もちより、腹立たしさのほうが大きかった。

ころんで、たおれたままになっているぼくのそばに、シロガネ丸が走ってきて、いった。

「この幽霊船、ほんとうに無礼なやつだな。こっちは何もしていないのに、子どもあいてに、ここまでやるとはひどい。よし、こうなったら、問答無用だ。ヒカル、封怪函だ。封怪函にこいつをとじこめるんだ。」

「だけど、うまくいくかな。それに、もし、うまくいっても、幽霊船が封怪函に入ってしまったら、ぼくたちはどうなるんだ。海にほうりだされることになるんじゃあ……。」

たおれたまま、ぼくがそういうと、シロガネ丸はうなずいた。

「なるほど、おまえのいうことも、もっともだ。じゃあ、ボートに乗ろう。ボートに乗っていれば、幽霊船が消えても、ボートごと海におちるだけだ。」

ぼくは、はってボートのほうにもどり、ボートに乗った。そして、ポケットに手をつっこみ、封怪函をひっぱりだした。

シロガネ丸もボートに乗りこんだのをたしかめてから、ぼくは封怪函のふ

たをあけ、帆柱のほうにむかって、さけんだ。

「封怪函、幽霊船収函！」

じつはぼく自身、あまり期待していなかったが、やはり、幽霊船が封怪函にとびこんでくるなんてことはなかった。

「やっぱり、だめだよ。ぼくの力がたりないんだ。」

ぼくが小さな声でそういうと、シロガネ丸は首をふり、

「そんなことはない。いくら力がたりなくたって、帆が少しうごくくらいの力はあるはずだ。」

といってから、

「そうか！」

と声をあげた。

「そうか、って？」

「ちゃんと、こいつの名まえをいって

ないから、呪文がきかないんだ。」

「いったよ、幽霊船って。」

「幽霊船っていうのはしゅるいであって、名まえじゃない。この船には、この船の名まえがあるはずだ。ほら、イースト・ゴッドみたいに。」

「あ、そうか。でも、この船の名まえ、なんていうんだ。」

たぶん、シロガネ丸だって、この船の名まえを知らないだろうと思ったが、ぼくはいちおうそうきいてみた。

「わからんなぁ……。」

わからんなぁ、というのが船の名まえでないことくらい、ぼくにもわかった。

シロガネ丸はつづけていった。

「ふつう、千石船には、うしろのほうに旗が立っていて、その旗に船の名まえが書かれていたり、船のうしろには船名額というのがついていて、そこに船の名まえが書かれているんだけどな。どうも、旗はないようだし、船名額

は、船の外から見るようになってるからなあ。それに、字だって、風雨にさらされて、とっくに消えてるんじゃないか。」

そのときになって、ぼくは船が前後にゆれだしているのがわかった。

「なんだか、この船、走りだしたみたいだけど……。」

ぼくがそういうと、シロガネ丸はうなずいた。

「たしかに。ほら、帆がゆれている。」

こうなったらもう、ここにがんばっていて、イースト・ゴッドがたすけにきてくれるのをまつしかない。

シロガネ丸をというよりは、ぼく自身をなぐさめるように、ぼくはいった。

「イースト・ゴッドはこんな幽霊船より、ずっとスピードが出るにちがいない。きっと、発信機から出てる電波をたよりに、すぐに追いついてきて、ぼくたちをたすけてくれるよ。」

「そうかなあ……。おれには、そうとばかりも思えないんだがな。」

どうも、シロガネ丸の声に自信がない。

「なんで？」

ぼくがたずねると、シロガネ丸がぎゃくにきいてきた。

「あのさ、ヒカル。おまえ、さっきこのボートの荷物が宙にういて、幽霊船にとられたときのこと、おぼえてるよな。さいしょがつりざおで、つぎがクーラーボックスだったよな。それから、長ぐつとつりのどうぐ箱と懐中電灯とポット。それで、発信機は？　おまえ、発信機が宙にうくのを見たか？」

ぼくは首をふった。たしかに、発信機はとられていない。

シロガネ丸はことばをつづけた。

「な、見てないよな。ということは、発信機はこのボートについているはずだろ。」

「そうだね。」

ぼくはボートのうしろに目をやった。

ベルトで固定されていたはずの発信機はなかった。あるのは、ベルトだけだった。

ぼくは、ボートの中を見まわした。発信機はどこにもない。

シロガネ丸はいった。

「このボート、ここにもちあげられるとき、だいぶかたむいたよな。あのとき、発信機は……。」

ぼくはごくりとつばをのみこんだ。

シロガネ丸は小さくうなずいてから、いった。

「あの発信機の電波を追っていけるのは、今となっては、潜水艦だけさ。」

ぼくはもう、へんじをすることもできず、封怪函をそっとポケットにしまったのだった。

四 新しい呪文と幽霊船の名まえ

ぼくが生まれつきもっているらしい力のために、あいかわらず、あたりはぼんやりと明るい。だが、幽霊船は霧につつまれたままだ。イースト・ゴッドから、こちらは見えないだろう。

イースト・ゴッドの船長たちは、今ごろどうしているだろうか。ボートのゆくえがわからなくなり、大さわぎになっているにちがいない。

シロガネ丸はだまりこんでしまった。そのシロガネ丸に、ぼくはいった。

「どうするんだよ。このままじゃあ、ぼくたちふたりとも、どこかにつれさられちゃうかもしれないじゃないか。なんか作戦はないのか。そうやって、ただだまっているだけじゃなくて。」

シロガネ丸はまわりをぐるりと見まわしてから、答えた。

「ただ、だまっているわけじゃない。だまっているんじゃなくて、まっているんだ。」

「それ、しゃれかよ。まってるって、何をだ？

イースト・ゴッドなら、こないと思うよ。」

「イースト・ゴッドじゃない。ほら、百目と対決したとき、ものすごい数の火の玉がとつぜんあらわれたじゃないか。あれ、おまえが出したんだろ。おれはあれをまってるんだ。」

「だけど、あれは、出そうと思って出したんじゃなくて、しぜんに出ただけだからなあ。それに、火の玉が出てきたって、幽霊船がそんなものをこわがるとは思えないよ。百目のときは、百目がまぶしいのがきらいだったから、ぐうぜんうまくいったようなものなんだから。」

「じゃあ、しょうがない。あれをやってみるか。」

「あれって？」

「あれっていえば、あれだ。燕火放炎。」

「あれかあ。でも、あれ、花火ていどの威力しかないし、もし、この幽霊船が火事になったら、どうするんだよ。」

「幽霊船が火事になったって、このボートに乗っていりゃあ、なんとかなるんじゃないか。」

「そうかなあ……。」

ぼくは、幽霊船が火事になれば、ぼくたちだって無事ではすまないだろうと思ったけれど、このままどこかにつれさられるよりはいいという気もした。

それに、自分でいうのもへんだけど、燕火放炎なんて、たいしたことはないのだ。幽霊船が火事になるとはかぎらない。燕火放炎でおどしておいて、あとは話しあいで解決、という手もある。

ぼくは右の手をにぎりしめてふりあげ、ボールを遠くになげるようにして、ふりおろし、

「燕火放炎、具有直波！」

とさけんだ。さけびながら、手をまずチョキの形、つづいて、パーの形にする。

ブワオッ！

調子の悪いガスレンジに火がつくときのような音がして、右のてのひらから、野球のボールくらいの火の玉がとびだした。

火の玉はまっすぐにとんでいき、幽霊船のぼろぼろの帆にぶつかって、消えた。

ぼくがちらりとシロガネ丸に目をやると、シロガネ丸はボートのへりにまえ足をかけ、帆柱のほうをむいたまま、いった。

「一度じゃだめだ。つづけて、どんどんやれ！」

ぼくはいわれたとおり、

「燕火放炎、具有直波！　燕火放炎、具有直波……！」

と何度も帆柱にむかって炎の玉をなげつけた。

ブワオッ！　ブワオッ！　ブワオッ……！

火の玉は帆柱や帆に命中していくが、そのままもえひろがることはなかった。

「燕火放炎、具有直波！　燕火放炎、具有直波！　燕火放炎、具有直波……！」

ブワオッ！　ブワオッ！　ブワオッ……！

ぼくはつづけて、何度も何度も燕火放炎をくりかえした。

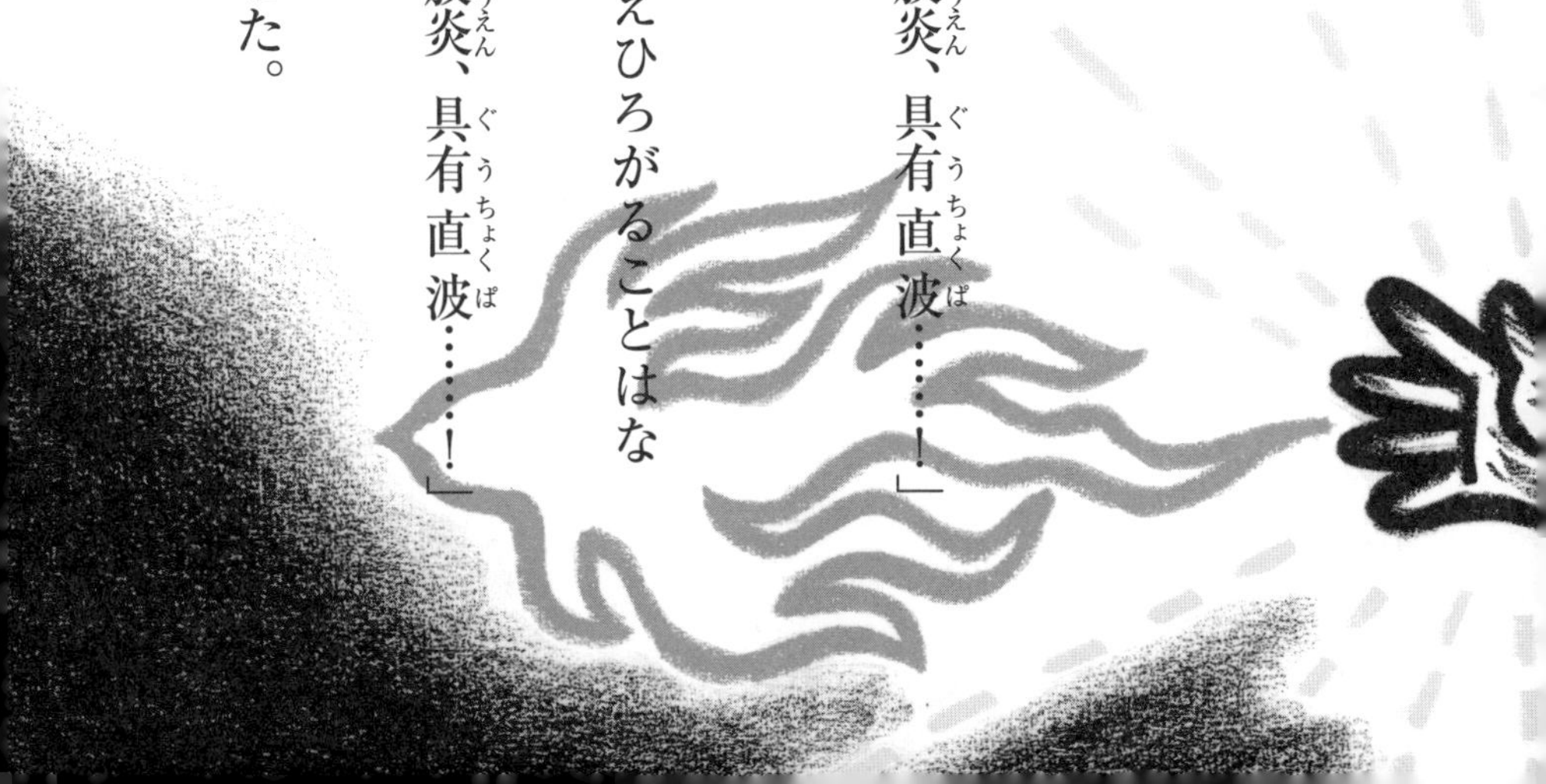

どうやら幽霊船はそうとうしめっているらしく、どこにも火はつかなかったが、まわりはどんどん明るくなっていった。でも、それは燕火放炎の火だけのせいではないようだった。その証拠に、明るいのは帆柱だけではなく、ぼくのうしろのほう、つまり幽霊船の船首のほうもだった。ぼくが無意識に出しているらしい光が燕火放炎のために、どんどん強くなっているようだ。

そして、さらに、これは燕火放炎の火のためだろうが、あたりの温度があがってきていた。

「燕火放炎、具有直波！　燕火放炎、具有直波！　燕火放炎、具有直波……！」

ブワオッ！　ブワオッ！　ブワオッ……！

ぼくは、どんどん燕火放炎をつづけた。

ところが、とちゅう、舌がもつれて、〈ぐ・う・ちょく・ぱ〉が〈ぐ・う・きょく・ぱ〉になってしまったことがあった。すると、火の玉はまっすぐにすすまず、カーブした。

ぼくはすぐに気づいた。

〈直〉が〈曲〉になり、火の玉がカーブしたのだ。

そこで、今度は意識して、

「燕火放炎、具有曲波！」

とさけんでみた。すると、やはり火の玉は大きくまがっていき、帆柱にはぶつからず、そのうしろにおちた。

これは、新しい呪文だ！

ぼくはだんだんおもしろくなってきて、こんどは、「燕火放炎、具有右曲波。燕火放炎、具有左曲波！」とつづけてやってみた。すると、思ったとおり、火の玉が右にまがったり、左にまがったりした。

ブワオッ！　ブワオッ！

ぼくはますますおもしろくなってきた。

ぼくは右手だけではなく、左手も同時にふりおろし、手をグー・チョキ・パーの形にして、

「燕火放炎、具有乱曲波！」

とさけんでみた。あまりいいやすくはなかったが、〈乱〉などということばを使えば、どうなるのか、やってみたくなったのだ。

するとどうだろう。ぼくの両手からいくつもの火の玉がとびだし、それが右や左やななめ上やらななめ下やら、文字どおり四方八方にとんでいくではないか。

まわりはますます明るくなっていく。そして、気温もどんどんあがっていく。

「おおっ……！」

シロガネ丸もおどろきの声をあげている。

ぼくは調子にのって、燕火放炎をつづけた。

「燕火放炎、具有右曲波！　燕火放炎、具有左曲波！　燕火放炎、具有乱曲波！」

ブワオッ！　ブワオッ！　ブワオーッ！

「や、やめろ……。き、霧が晴れる。霧が晴れてしまう……。」

どこかから声がした。

そんなことをいわれても、すっかりおもしろくなっていたぼくはやめる気がしない。

「燕火放炎、具有右曲波！　燕火放炎、具有左曲波！　燕火放炎、具有乱曲波！」

ブワオッ！　ブワオッ！　ブワオーッ！

「や、やめてくれ。霧が晴れる……。」

また、どこかからか声がした。

ぼくはやめない。

「燕火放炎、具有右曲波！　燕火放炎、具有左曲波！　燕火放炎、具有乱曲波！」

ブワオッ！　ブワオッ！　ブワオーッ！

「や、やめろ……。やめてくれ……。」

三度目に声がしたあと、ぼくの右のふくらはぎにいたみが走った。

「いたっ！」

ぼくは声をあげた。

シロガネ丸がふくらはぎにガブリとかみついている。

「何をするんだ。」

ぼくがさけぶと、シロガネ丸はぼくのふくらはぎから口をはなして、いった。

「やめてくれっていってるんだ。もう、やめろよ！　こいつ、霧がなくなるのがいやみたいだ。」

それから、シロガネ丸は帆柱にむかって、大声でたずねた。

「よし、降参するんだな。」

「降参する。降参するから、火はやめろ。熱のせいで、霧が晴れる。」

答えがかえってきたところで、シロガネ丸がいった。

「ならば、おまえの名をいえ。これから、おまえを封怪函に入れる。」

「封怪函というのは、さっきの箱だな。あれは妖怪をとじこめる箱だろう。火を出すのをやめてくれれば、その箱に自分から入ってもいいが……。」

と声がしたが、シロガネ丸はかまわずにさけんだ。

「こっちにもつごうってものがある。いいから、名のれ！」

「相模太郎丸だ。」

答えがかえってくると、シロガネ丸はこんどはぼくにいった。

「聞いたろ。相模太郎丸だ。それをいって、幽霊船を封怪函にとじこめろ！」

ぼくはうなずき、封怪函をポケットから出して、ふたをあけた。そして、声をはりあげた。

「封怪函、相模太郎丸収函！」

一瞬、宙にういたようなかんじがしたかとおもうと、つぎの瞬間……。

ドッボーン！

水しぶきをあげて、ぼくとシロガネ丸を乗せたまま、ボートが海におちた。幽霊船が消えた、いや、封怪函に入ってしまったのだから、とうぜんボートは

海におちることになったのだ。

ぼくは立っていたので、あやうく海になげだされそうになったが、ボートのへりにつかまって、どうにかおちずにすんだ。

あたりを見まわすと、霧はあとかたもなく消えており、空には星がひろがっている。

「あいつ、封怪函の中に、つりざおとかクーラーボックスをもってっちゃったな。長ぐつとつりのどうぐ箱、それに懐中電灯とポットもだ。まだ、なかみ、ぜんぜん飲んでないのにな。まあ、妖怪を封怪函にとじこめる練習にもなったし、いいってことにするか。」

そんな、どうでもいいようなことをシロガネ丸がいった。

ぼくは暗い海の上、どこかにイースト・ゴッドがいないかとさがしてみた。

だが、どの方向を見ても、船のあかりらしいものはまるで見えなかったのだった。

五　イースト・ゴッドの船員の転勤先と相模太郎丸の事情

その夜、ぼくとシロガネ丸がどうやってかえってきたかというと、イースト・ゴッドに救出されて江ノ島からハイヤーでうちにもどったわけではない。

けっきょく、イースト・ゴッドはぜんぜんあらわれず、とんでもないほうでぼくたちをさがしていたようだ。あとになってシロガネ丸からきいたところによると、イースト・ゴッドの船員は船長以下全員、べつの職場にうつされたそうだ。

「ほら、発信機のベルトだけど、あれ、さいごにバッテリーをチェックしたとき、ちゃんとしめておかなかったらしいんだ。なんていうか、そういう初歩的なミス、波倉会長は大きらいだからなあ……。」

シロガネ丸はそういっていた。

「だけど、イースト・ゴッドからおろされちゃったら、みんな、どこにいくんだろう。」

ちょっと心配になって、ぼくがそういうと、シロガネ丸は、

「だいじょうぶさ。東神グループには、ほかにも船がたくさんあるからな。たとえば、ほら、トウキョウ・オールディーズランドに明治時代の外輪客船があるだろ。あれだって、東神グループの船だからな。」

といったが、トウキョウ・オールディーズランドの外輪客船は水の下にしかれたレールの上を走っているのだ。もっとも、水はわざとにごらせてあるから、レールは見えないけれど。

それはともかく、あの夜、ぼくとシロガネ丸はかなりおそくまでボートでまっていたが、イースト・ゴッドどころか、

漁船さえ通りかからなかった。そこで、しかたなくぼくは、封怪函から相模太郎丸を出し、鎌倉市の七里ヶ浜まで乗せていってもらった。そして、人気のない浜辺に相模太郎丸が乗りあげたところで、砂浜にとびおりたのだ。それからまたぼくは、相模太郎丸を封怪函に入れ、江ノ電とJR線を使ってかえってきた。

もちろん、陸にあがってすぐ、携帯電話で波倉会長には、

「無事、幽霊千石船相模太郎丸を捕獲しました。」

と報告しておいた。

瀬戸内妖怪島にいくことについての、相模太郎丸との本格的な交渉は、うちにかえってきてから、シロガネ丸が封怪函の中に入って、おこなった。

結論からいうと、相模太郎丸は瀬戸内妖怪島ではたらくことを承諾した。

交渉のとき、相模太郎丸からシロガネ丸がきいてきた話をまとめると、だいたいこういうことだ。

相模太郎丸は江戸時代のおわりころ、駿河の国、今の静岡県でつくられた千石船なのだが、初航海の日、船頭のミスで座礁、つまり、海底の岩に乗りあげてしまったのだ。そのとき、霧がかかっていて、船頭たちは岩に気づかなかったようだ。船頭たちは、そのまま小舟にうつり、自分たちだけ陸にかえってしまった。

相模太郎丸はまだ荷がつまれていなかったこともあり、やがて潮がみちてくると、岩からはなれ、霧とともに広い太平洋にむかって流れだした。そして、長いあいだ、ただようちに、人間にすてられた怨念の

ようなものが魂となって、船自体をうごかす力になったらしい。相模太郎丸は妖怪となったのだ。

相模太郎丸にとって、霧はかたきのようなもので、ほんとうはにくいもののはずだが、そのにくしみがかえって霧を自由にあやつる力になった。しかし、相模太郎丸は霧とともに海をさまよううちに、霧なしではいられなくなった。それはまるで、はじめははだかで平気だった人類が、そのうち服をきないではいられなくなったのににている。熱で霧が消えそうになったとき、相模太郎丸が降参したのは、そういうわけだったのだ。

こうして、相模太郎丸はいつでも霧をまとって、広い海をただようことになったのだ。

けれども、相模太郎丸には、人間にすてられたこととはべつに、もうひとつの怨念があった。それは、まだ一度も荷物をはこばないうちに、使われなくなってしまったということのうらみだ。

そのうらみもまた、相模太郎丸が妖怪になるもとになった。だから、相模太郎丸は、あらわれたとき、

「はこばせろぅ……。」

といったのだ。あれは、荷物をはこばせろというういみだったようだ。そして、つりのどうぐ一式とポットをもっていってしまったのは、べつにつりをしたいからではなく、はこぶ荷物がほしかっただけらしい。その証拠に、ぼくたちが乗っていたボートも、七里ヶ浜で封怪函に入るとき、相模太郎丸がもっていってしまった。

シロガネ丸はそこまで説明してから、

「その話をきいたら、おれは、こりゃあ、文字どおり、わたりに船だと思ったよ。何かはこびたいなら、べつに荷物じゃなくても、人間でもいいじゃないか。それで、おれは、『荷物じゃなくて、人間でもいいなら、いやというほどはこべる場所があるんだけどな。しかも、みんなによろこばれるし。』

といってやったんだ。そしたら、相模太郎丸のやつ、大乗り気になってさ。乗せるのに乗り気ってやつさ。」

といった。

シロガネ丸はだじゃれみたいなのがすきなんじゃないだろうか。そんな気がする。

それはともかく、つまり、シロガネ丸は、本州や四国から瀬戸内妖怪島にお客をはこぶフェリーとしてはたらくことを相模太郎丸にすすめたのだ。相模太郎丸はシロガネ丸のもうしでを、一発で承諾した。ただし、ひとつだけ条件をつけてきた。瀬戸内海ではたらくなら、名まえを〈瀬戸内太郎丸〉にかえたいというのだ。そして、新しい名まえを船尾の船名額に書いてほしいということだった。

意外に、スタイルを気にするやつだ。

もちろん、シロガネ丸はその条件をのんだ。

「まあ、これについちゃあ、波倉会長にも許可をもらわないといけないけどな。おれも、会長にしのごのいわせないし、名まえがかわるくらい、会長ももんくはいわんだろう。相模湾で人間に見すてられたいやな思い出は、名まえとともにすてちまったほうがいいのさ。」

シロガネ丸はそういった。

今、その瀬戸内太郎丸がどこにいるかというと、封怪函の中ではない。ふつうの木造船のふりをして、川崎にある東神造船のドッグに入り、幽霊船らしさをうしなわないていどに、あちこち修理をされている。船名額には、波倉会長が自分で、〈瀬戸内太郎丸〉と書きこむらしい。

瀬戸内妖怪島の東側に、フェリー用の桟橋が建造中だ。その桟橋が完成したら、瀬戸内太郎丸はそこにうつることになっている。

一　都立公園での練習とシロガネ丸の用

〈燕火放炎〉がうまくできるようになって、しかも、いろいろなバリエーションもできるようになって、すっかり気をよくしたぼくは、夜中になるとこっそり近くの都立公園に出かけていき、噴水池の近くで練習をした。

いや、噴水池の近くでというよりは、噴水池を使って練習したといったほうがいいだろう。池のほとりにたって、水面にむかい、

「燕火放炎、具有直波！」

とやるのだ。これなら、火の玉が水にぶつかるわけだから、火事にならない。

夜中の公園といっても、人がまったくこないわけではない。ジョギングで

通る人もいれば、用もないのにやってきて、見ていてもたいしておもしろくない池をながめているカップルもいる。夜は、噴水がとまってしまうのだ。とにかく、そういう人がくると、ぼくは練習をやめる。

ジョギングの人はすぐにどこかにいってしまうからいいが、めいわくなのはカップルだ。話なら、べつに暗い公園でしなくてもいいし、子どもじゃないんだから、手なんかつながなくてもいいと思う。それだけではない。ぼくのそばにやってきて、

「どうしたんだい、ぼうや。こんな夜おそく。」

なんて声をかけてくる。たとえば、男のほうがそういうと、つづいて女のほうが、

「パパとかママが心配してるんじゃない。おうちにかえったほうがいいんじゃあ。」

なんていう。口ではそんなことをいうけれど、ぼくがそこにいるのがじゃまなだけじゃないだろうか。ほんとうに、よけいなおせわだ。

ぼくはよほど、

「こんなところで男の人とあってるって知ったら、おねえちゃんのパパとママも心配するんじゃないか。おねえちゃんこそ、早くかえったほうがいいよ。入園無料の公園でデートしたがるけちな男じゃなくて、もっとお金のある人とつきあったらどう?」

といいかえしてやりたくなるけど、それこそよけいなおせわだから、もちろんいわない。

たいてい、シロガネ丸(まる)はぼくの練習(れんしゅう)につきあってくれるが、夜中にテレビでおわらい番組なんかあると、

「おれ、ちょっと用があるから、今夜はひとりでいってくれよ。」

なんていって、いっしょにこないことがある。

リモコンでリビングのテレビをつけて、シロガネ丸(まる)がかってにテレビを見ていても、ぼくの両親(りょうしん)はぜんぜんもんくをいわない。もんくをいわないどころか、母さんなんかはぶあついざぶとんをシロガネ丸(まる)のまえにおき、

「さ、さ、どうぞ、こちらへ。シロガネ丸様！」

なんていうのだ。

なにしろ、シロガネ丸のあずかり賃という名目で、波倉会長からもらっているお金は、父さんが会社からもらっている月給より多いのだ。母さんだって、それくらいのサービスはしたくなるのだろう。

もっとも、シロガネ丸がしゃべったりできるということは、父さんも母さんも知らない。ぼくが、波倉会長にたのまれているしごとについては、ふたりとも、ぼくがとしよりのあそびにつきあっていると思っているようだ。

ともかくその夜、『おわらいデスマッチ』という番組があり、シロガネ丸はぼくについてきてくれなかった。しかたなくぼくは、歩いて五分ほどのところにある都立公園に、ひとりで出かけていったのだった。

二　ふりだした小雨と見ぬかれた考え

もう午後十一時をすぎていた。

ぼくが噴水池のほとりについたころ、小雨がふりだしてきた。ぼくはどんなときでも、寒いと思ったことはないし、かぜだって、ひいたことはない。小雨ぐらい平気だし、雨がふっているほうが、燕火が公園の木にぶつかっても、火事になりにくい。だから、雨の日は、〈燕火放炎・具有直波〉だけではなく、〈燕火放炎・具有曲波〉や、いろいろなバリエーションの練習ができる。

ぼくはわくわくしながら、噴水池のほとりに立ち、むこう岸近くの水面にむかって、右手をふりあげ、

「燕火放炎……。」

と呪文をかけはじめたところで、そっと手をおろした。

噴水のむこう側、池のほとりの木のそばに、黒い人影が見えたのだ。

ちぇっ。しょうがないな。早くどこかへいかないかな。

ぼくはそう思いながら、その人が何をしているのか、ようすをうかがった。

ホゥ、ホゥ、ホゥ……。

どこかで、フクロウがないた。

噴水池のまわりには、電灯が何本も立っている。けれども、木のかげになって、その人の顔ははっきり見えない。

どうやらそれは男のようだった。女の人にしては、からだが大きすぎる。木のうしろに半分かくれて、こちらをのぞいている。けれども、ぼくが気づいたことがわかったのだろう。すうっと木からはなれ、噴水池のほとりを歩きだした。

ホゥ、ホゥ、ホゥ……。

また、フクロウがないた。

その瞬間、ぼくはあやうく声をあげそうになった。

電灯のあかりの下、暗がりからあらわれたそのすがたは、まるでゴリラかオランウータンだった。ただし、ゴリラやオランウータンとちがい、まえかがみにではなく、人間と同じような姿勢で歩き、手の長さも人間の手と同じくらいだった。しかし、身長は高く、かるく二メートルはこえているだろう。

早い話が、それは、服をきていない、毛むくじゃらの大男だったのだ。

ぼくは封怪函をもってきていなかったし、もし、もっていても、毛むくじゃらの大男の名まえがわからなければ、封怪函は役に立たない。それに、その大男はただの大男であって、妖怪ではないかもしれないのだ。

こういうときにかぎって、シロガネ丸はいえでおわらい番組を見ていて、だらしなくわらっているのだ。こうなったらもう、にげるにかぎる。

ホゥ、ホゥ、ホゥ……。

また、フクロウの声がきこえた。

ぼくはあとずさりをはじめた……。だが、そのとき、噴水池のむこうから、大男がぼくに声をかけてきた。

「おおい、そこの陰陽師！　おまえ、今、にげようと思ったな。」

こいつ、ぼくがにげようとしたことだけではなく、陰陽師だということも知っている。

ぼくがそう思った瞬間、大男は走りだし、噴水池をぐるりとまわって、ぼくの目のまえにやってきた。

「おまえ。自分がにげようとしただけではなく、陰陽師だということもばれていて、おどろいているな。」

大男はぼくを見おろして、そういった。

近くで見ると、大男はとても人間には見えなかった。からだ中、黒くて長い毛におおわれている。顔も毛だらけで、目しかわからない。目はまっ赤で、ひとみだけ金色だ。鼻も口もどこにあるのかわからない。しゃべると、顔の下に白いものがキラキラひかる。どうも、それはきばらしい。

もし、おそいかかってきたら、燕火放炎で攻撃してやろう。

ぼくがそう思って、両手をにぎりしめると、大男はいった。

「おまえ。おれがおまえに何かしたら、火の玉をなげようとしているな。」

そのときになって、ぼくはようやくわかった。

まえに、本で読んだことがある。こいつは、人が考えていることがぜんぶわかる妖怪、〈さとり〉だ。

「おまえ。おれが妖怪（ようかい）の〈さとり〉だということに気づいたな。」

こんどは、大男はそういった。

ぼくの知っている話では、まきわりをしている男のところにさとりがやってきて、男が思っていることをぜんぶあてる。男はこわくなって、手がすべり、まちがえてまきをわりそこない、まきがさとりのほうにとんでいく。すると、さとりは、人間というやつは考えていないことをやるのか、とこわくなり、にげていくというものだった。

「おまえ。今、まきわりの男とさとりの話を思い出したな。」

大男がいったとおりだ。こうなったら、何も考えないのがいちばんいいのだろうが、なかなかそういうこともできない。

「何も考えないのがいいけれど、なかなかそれもできない、と、おまえ、そう思っただろう。」

大男はそういってから、

「たしかにおれはさとりさ。」

とつぶやいた。それから、

「おまえ。今、おれのことを瀬戸内妖怪島(せとうちようかいとう)につれていこうと思ったな。」

といいたした。

たしかにそれはいい考えかもしれないが、そんなことはまだ思っていなかった。そこでぼくは、

「いや、まだ、そこまでは……。」

といった。すると、さとりと名のった大男はいった。

「おまえ。おれがさとりだということもわかったし、やっぱり封怪函(ふうかいかん)をもってくればよかった。そうすれば、おれをつかまえることができたのに、と、そんなふうに思っただろう。」

それもまだ考えていないことだったので、ぼくは答えた。

「いえ、べつに、そんなふうには……。」

「いや。遠慮しなくていい。おまえは心のおくそこで、おまえ自身気づかないうちに、そう考えたにちがいない。」

「そ、そうですか……。」

「そうさ！」

とさとりはきめつけてから、大きくうなずき、

「その、おまえの考えはなかなかの名案だと思う。」

といいたした。

ひょっとして、こいつ、瀬戸内妖怪島にいきたいんじゃないだろうか……。

ぼくがそう思った瞬間、さとりは大きくうなずいて、いいはなった。

「そのとおり！」

それから、さとりはぼくのうちのほうにむかって歩きだしながら、こういったのだった。

「さあ、陰陽師ヒカル。封怪函をとりにいこう！」

三 青森県にはない六甲山ときいておきたいことの答

ぼくは、さとりのうしろから歩きはじめ、たずねてみた。

「あの、ぼくのこと、どうして知ってるんですか。」

さとりは立ちどまってふりむき、答えた。

「百目からきいたんだ。瀬戸内妖怪島のこともな。」

「百目からきいたって、百目はいま、瀬戸内妖怪島にいるはずだから……。」

ぼくがそこまでいうと、さとりは、

「べつに直接きいたとはいってない。知らせてくれた者がいるのだ。」

といったが、さとりのことばがおわるかおわらないかのうちに、羽ばたく音もたてず、とてつもなく大きいフクロウがまいおりてきた。そして、さとりの頭の上にとまった。

「瀬戸内妖怪島にいる百目からおれが話をきいて、さとりに教えてやったのさ。」

それは、さとりの声ではなかった。さとりの声より低く、がらがら声だった。どうやら、大フクロウがしゃべったらしい。

大フクロウのくちばしがうごいた。

「おれは、妖怪フクロウ、金剛丸。六甲山にすんでいる。」

「六甲山っていうと、青森県の？」

ぼくがそういうと、金剛丸と名のった大フクロウは、

「それは八甲田山だ。陰陽師の術のけいこもけっこうだが、おまえ、もうちょっと地理の勉強をしたほうがいいんじゃないか。六甲山は兵庫県！瀬戸内妖怪島から、そう遠くない。」

といって、黄色い目をまばたきさせた。

それから、金剛丸は、

「おれも、さとりにつきあうことにした。陰陽師ヒカル。いや、おまえをさがすのには苦労したぜ。まあ、ここから瀬戸内妖怪島までとんでいってもいいんだが、せっかくだから、封怪函というやつに乗せていってもらうぜ。おまえのうちにあるんだろ。おれ、さきにいってるからな。」

といって、さとりの頭からとびたち、ぼくのうちのほうにとんでいってしまった。

さとりのあとについて、ぼくがうちにかえると、シロガネ丸が封怪函をくわえて、げんかんでまっていた。

シロガネ丸はぼくの顔を見ると、封怪函を下において、いった。

「おまえ、ふたをあけっぱなしにして、封怪函をテレビの上におきっぱなしにしたな。今、大きなフクロウがまどからいきなり入ってきて、封怪函にとびこんでいったぞ。封怪函に入れるくらいだから、たぶん妖怪なんだろうが、外で何かあったのか？　それに、そこにいるのは、ひょっとして、さとりじゃないか。」

ぼくがシロガネ丸に事情を説明しようとしたら、それより早くさとりがシロガネ丸にいった。

「あ、おまえだな、黄金白銀丸っていう猫のばけものは！　さっさと、

封怪函のふたをあけてくれ。おれも入るんだから。」
シロガネ丸がぼくの顔を見たので、ぼくはうなずいた。すると、シロガネ丸は、
「おれも入るんだからって、封怪函は温泉じゃないんだから。まあ、いいけど……。」
といって、鼻で封怪函のふたをあけた。
たちまち、さとりが封怪函にすいこまれていった。
すいこまれるというよりは、自分でとびこんだといったほうがいい。
ぼくはひとつだけ、さとりにきいておきたいことがあったので、
「封怪函、さとり放函！」
と、さとりを封怪函から出す呪文をとなえた。
すると、さとりは上半身だけ封怪函から出し、ぼくがたずねるまえにこう答えた。
「百目から知らせをうけて、どうしておれが瀬戸内妖怪島にいこうと思った

かというとだな。瀬戸内妖怪島っていうのは、ようするに遊園地だろ。遊園地にくる人間はたのしいことを考えるにきまってると思うからさ。おれはもう、そのへんにいるくだらない人間が、ゆめのないことや、ろくでもないことや、いやなことばかり考えていて、それがおれにわかってしまって、うんざりしてるってわけだ。同じ見ぬくなら、いやな考えよりたのしい考えがいい！」

それだけいうと、さとりはまた封怪函に入ってしまった。

ぼくは、封怪函をもって、シロガネ丸といっしょにへやにもどると、携帯電話で波倉会長にれんらくした。

「もしもし、芦屋光です。瀬戸内妖怪島の桟橋あたりに住んでもらい、島にくる人間が悪だくみをしていないかどうか、チェックするのにちょうどいい妖怪と、それから、森にいたら、ちょっとぶきみかもしれない、しゃべるフクロウの妖怪を捕獲……っていうか、まあ、つかまえさせられてしまったんですが、どうしましょうか。」

ぼくがそういって、さとりと金剛丸のことを話すと、波倉会長は大よろこびで、

「そのふたりには、ぜひとも瀬戸内妖怪島にすんでいただこう。」

といったのだった。

瀬戸内妖怪島
百目
監視カメラの
役目をする。
さとり
人の考えを読んで、
テーマパークの
警備をする。
くんでの
ポンプ井戸
お客さんの
飲み物係。
幽霊船
テーマパークへ
お客さんをはこぶ。

北
西
東
南
妖怪フクロウ
金剛丸
人間の言葉を
しゃべるフクロウ。

著者紹介　斉藤　洋（さいとう　ひろし）
1952年、東京に生まれる。現在、亜細亜大学教授。「ルドルフとイッパイアッテナ」（講談社）で第27回講談社児童文学新人賞受賞。「ルドルフともだちひとりだち」（講談社）で第26回野間児童文芸新人賞受賞。路傍の石幼少年文学賞受賞。「ベンガル虎の少年は……」『なん者・にん者・ぬん者』シリーズ、『ナツカのおばけ事件簿』シリーズ（以上あかね書房）など作品多数。

画家紹介　大沢幸子（おおさわ　さちこ）
1961年、東京に生まれる。東京デザイナー学院卒業。児童書の挿絵の作品に『なん者・にん者・ぬん者』シリーズ（あかね書房）、「おむすびころころ　かさじぞうほか」（講談社）、「まんてん小がっこうのびっくり月ようび」（ＰＨＰ研究所）、絵本の作品に「びっくりおばけばこ」（ポプラ社）、旅行記に「モロッコ旅絵日記　フェズのらくだ男」（講談社）などがある。

妖怪ハンター・ヒカル・2

霧の幽霊船

発行　2005年6月　初版発行
　　　2007年5月　第4刷
著者　斉藤 洋
画家　大沢幸子
発行者　岡本雅晴
発行所　株式会社あかね書房
　　　東京都千代田区西神田3-2-1 〒101-0065
　　　電話　03-3263-0641(代)
印刷所　錦明印刷株式会社
製本所　株式会社難波製本

NDC 913　99p　22cm
ISBN 978-4-251-04242-2